AF314596

LES

MINIATURES

POÉSIES

LES

MINIATURES

POÉSIES

Par Léandre BROCHERIE

PARIS

ARNAULD DE VRESSE, LIBRAIRE-ÉDITEUR

55, RUE DE RIVOLI, 55.

1864

TYPOGRAPHIE

MONNOYER FRÈRES, AU MANS

(Sarthe)

LES

MINIATURES

POÉSIES

Par Léandre **BROCHERIE**

———— ❖ ————

PARIS

ARNAULD DE VRESSE, LIBRAIRE-ÉDITEUR

55, RUE DE RIVOLI, 55.

——

1864

QUELQES MOTS

EN VILE PROSE

—

L'année dernière, lorsque je publiai mon premier volume de vers, j'étais loin de m'attendre à la faveur qu'il a obtenue. Mes compatriotes, en effet, se sont empressés de l'acheter, et ç'a été de leur part une gracieuseté, pour laquelle je veux ici leur exprimer publiquement ma vive reconnaissance. En outre, plusieurs journaux de Paris et de la province ont consacré aux *Pauvrettes* des articles signés des noms les plus connus et les plus aimés. Je citerai avec fierté ceux de MM. Jules Janin, Louis Ratisbonne, J.-G. Ponzio, Boué de Villiers et Charles de Sujel.

Heureux et fort de ces encouragements, je me hasarde à faire paraître un second livre de poésies. Est-il inférieur ou supérieur au premier? C'est aux lecteurs et aux critiques de décider cette question, un auteur ne pouvant être lui-même qu'un juge douteux dans l'appréciation de ses œuvres.

L'on verra cependant que je me suis efforcé de varier ma manière, et que j'ai du moins eu le courage de tenter un genre assez peu exploité jusqu'ici.

Désirant me perfectionner dans mon art, je demande pour ce nouvel essai moins d'indulgence à la critique. L'indulgence, à la vérité, peut corrompre ou endormir ; mais un jugement sévère et juste à la fois est un bienfait pour le poète sincère.

Léandre BROCHERIE.

1er décembre 1863.

Aux marmots de Navarre et France
  Ce livret !
Tous y verront leur ressemblance
  Trait pour trait.

Riez à ce miroir d'enfance,
  S'il vous plaît !
Cela me sera récompense,
  M'est souhait.

L. B.

I

SOUS UN BERCEAU DE FLEURS

—

Sous un berceau de fleurs l'enfantelet repose
Dans les bras maternels, — deux ivoires polis.
Vermeil, demi-penché, l'on dirait d'une rose
Qu'un souffle de printemps incline entre deux lis.

Déroulée en anneaux, sa chevelure est blonde
Comme un bouquet de blés aux mains du moissonneur.
Fleurs du myosotis qui se mire dans l'onde,
Ses yeux en ont l'azur, leurs regards la douceur.

Son sourire ressemble à celui de l'Aurore
Transparente à travers le voile de la nuit;
Sa voix, au cri joyeux mais inhabile encore
De l'oisillon jaseur, à l'étroit dans son nid.

De la voix, du sourire, il enchante, il caresse
L'oreille et les regards; et la mère à son tour,
Abeille butinant une rose, ne cesse
De cueillir des baisers sur cette fleur d'amour.

1857.

II

LE BERCEAU

Un enfant dort dans un berceau de soie.
L'œil attaché sur l'ange au pur sommeil,
La mère est proche, épiant dans la joie
    L'heure tardive du réveil.
Elle sourit ; — immobile, elle rêve,
Et voit passer de douces visions
Que son amour — ou que l'espoir achève
    De parer de ses plus beaux dons.

Comme une fée aux ailes frémissantes,
Portant la lyre, une femme apparaît.
Sa lèvre s'ouvre à des perles vivantes,
    Et sous ses pieds le laurier naît.
Son doigt divin trace le mot « Génie »,
Brillant rayon, sur le front de l'enfant.
—Je te connais ; salut, ô Poésie,
    Ange exilé, mais triomphant !

La vision dans les cieux disparue,
Plus séduisante une autre naît encor.
Comme un soleil elle éblouit la vue,
    Et ses mains répandent de l'or.

— L'or lumineux sur le berceau ruisselle ; —
Puis s'inclinant vers l'enfant endormi :
« J'ai nom, je suis la Fortune, dit-elle,
     Et je t'ai choisi pour ami. »

D'un blanc nuage une forme céleste
S'est détachée ; elle glisse en tremblant,
Le front voilé, l'attitude modeste,
     Aux bras de l'enfant souriant.
Fleurs et baisers sous les plis de son voile
D'entre ses doigts s'échappent tour à tour ;
Et de ses pieds chacun foule une étoile.
     — Ah ! c'est la Vierge, c'est l'Amour.

1862.

III

LE BONHOMME DE LA NUIT

(LÉGENDE LAMENTABLE)

—

Vos paupières sont closes,
Enfant !
Depuis longtemps les roses,
Dormant,
Ont penché leurs fleurs embaumées
Sur les lis qui les ont aimées.

Le berceau vous attend,
Et la nuit qui s'étend
Sur vos yeux répand son nuage.
Pour être beau toujours,
Et lorsqu'on a votre âge,
Il faut dormir, ô mes amours.

Vos paupières sont closes,
Enfant !
Depuis longtemps les roses,
Dormant,
Ont penché leurs fleurs embaumées
Sur les lis qui les ont aimées.

Eh quoi! des pleurs! Est-il
Gracieux et gentil
Dès qu'on lui dit de faire un somme!
Ah ! Monsieur, pas de bruit,
Ou craignez le bonhomme,
Le grand bonhomme de la nuit.

Vos paupières sont closes,
Enfant !
Depuis longtemps les roses,
Dormant,
Ont penché leurs fleurs embaumées
Sur les lis qui les ont aimées.

Il est vieux et tout noir ;
Il va guettant, le soir,
Les enfants qui jasent encore.
Et, s'ils font les mutins,
Pour eux adieu l'aurore,
Adieu les souriants matins !

Vos paupières sont closes,
Enfant !
Depuis longtemps les roses,
Dormant,
Ont penché leurs fleurs embaumées
Sur les lis qui les ont aimées.

Pour troubler leurs regards,
Il verse des brouillards
Ou sème une fine poussière.
Leurs regards éplorés
Jamais de la lumière
Ne reverront les traits dorés.

Vos paupières sont closes,
Enfant !
Depuis longtemps les roses,
Dormant,
Ont penché leurs fleurs embaumées
Sur les lis qui les ont aimées.

1862.

IV

AU LIT ! AU LIT ! AU LIT !

—

Au lit ! au lit ! au lit !
La chouette l'a dit !

Monsieur, vous faites de la lippe,
Et dites comme cela : Non !
C'est le fait d'un petit démon
De prendre ainsi son lit en grippe.

Un si mol et gentil berceau !
Je voudrais bien y faire un rêve,
Moi. — Bonsoir, Monsieur ! je me lève,
Et m'enferme sous son rideau.

Le beau rideau blanc à fleurs roses !
Le beau rideau blanc que voilà !
Et le bel ange caché là,
Qui sourit et vous dit des choses !...

Je ne veux point de vous du tout ;
Non, Monsieur, le loup va vous prendre,
Et les voisins vont vous entendre
Crier : Au loup ! au loup ! au loup !

Mais écoutez ! L'ange qui veille
En vous attendant, chaque soir,
(Oh ! qu'est cela qu'il me fait voir?)
Me parle tout bas à l'oreille.

Ecoutez donc ! — « Bonne maman,
« Si mon petit frère est docile,
« Et s'il veut dormir là, tranquille,
« Avec moi... » — Vrai ! mais c'est charmant !

« Eh bien ! oui, demain, dès l'aurore,
« N'est-ce pas ? vous lui donnerez... »
— Ah ! curieux ! vous accourez.
Je vous tiens ; dites : Non ! encore.

Au lit ! au lit ! au lit !
La chouette l'a dit.

1863.

V

LE HAMAC

—

Dans ce hamac flottant parmi des roses
Et balancé sur un rhythme indolent,
Cheveux épars et les paupières closes,
    Voyez le gracieux enfant!
Il dort, il dort, et la rose vermeille
A son visage oppose ses couleurs.
— Moins purpurin que l'enfant qui sommeille
    Est le calice de ses fleurs.

Autour de lui, sur les branches qui ploient,
De gais oiseaux ont reposé leur vol.
Sous le soleil éclatent ou chatoient
    Leur aile pendante et leur col.
Du sein des fleurs et des senteurs s'élève
Un doux concert à travers les rameaux.
— Les bégaîments de cet enfant qui rêve
    Sont plus doux que ces chants d'oiseaux.

Le souffle frais de la brise légère
Fait onduler le feuillage nombreux,
Baiser divin et vague passagère
    Nés du printemps et dans les cieux.

L'enfant tressaille, et la brise soupire
En caressant sa chevelure d'or.
— Toute parfum, de l'enfant qui respire
    L'haleine est plus suave encor.

Il dort toujours! Vous, brises, sur vos ailes,
Oh! laissez fuir ses rêves enchantés!
Il dort encor! Vous, ses gardiens fidèles,
    Oiseaux mélodieux, chantez!
Il a souri; quelque fleur imprudente
Sur lui penchée a rompu son sommeil.
Mais nulle fleur n'a la grâce attrayante
    De ce sourire à ce réveil.

1862.

VI

LE DUO

—

Au soleil matinal, dans un coin du foyer
      Sur ses bras une mère
      Balance, heureuse et fière,
Un amour de bébé qui vient de s'éveiller.

L'enfant est né d'hier, et la mère ose à peine
      De ses doigts l'effleurer,
      A peine respirer,
Tremblant qu'il ne frissonne au frais de son haleine.

Que veut l'enfantelet? Il s'est tourné vers vous,
      O très-chaste mamelle,
      O coupe maternelle
Où l'amour répandit un breuvage si doux.

La mère, souriante, a dégrafé sa robe...
      Que veut l'enfantelet?
      A la goutte de lait
Ses lèvres, double rose, en pleurant il dérobe.

Là, plus loin, Marmot deux, debout dans son berceau,
      — Mais lui, c'est un grand homme !
      Il prétend qu'on le nomme
Monsieur... — entre ses mains tient captif un oiseau.

Et pour l'apprivoiser il dit douce parole.
Hélas ! de liberté,
D'espace illimité
L'oiseau trop désireux se débat, et... s'envole.

Il pensait l'enchaîner, messire l'oiseleur !
Aux chagrins de son frère
Il unit sa colère,
Sa colère innocente et ses cris de douleur.

La mère, — ce duo n'a pour elle aucuns charmes, —
Avec une chanson
Calme le nourrisson,
Et court après l'oiseau pour sécher d'autres larmes.

1861.

VII

LES CISEAUX

—

Une femme assise, tranquille,
Dans un très-vieux fauteuil usé,
Reprise d'une main agile
Un bas déjà tout reprisé.

Un bambin est là, derrière elle,
Blond, rosé, frère des Amours.
Il babille, il danse... — il chancelle,
Pieds novices glissant toujours.

Au lieu de larmes lorsqu'il tombe,
Des éclats de rire joyeux...
— Il est parti comme une bombe,
Ayant aperçu dans ses jeux

Les ciseaux polis de sa mère
Au bras du fauteuil suspendus,
Qui dardaient contre sa paupière
Des rayons sur l'acier perdus.

Il les caresse, il les manie
Sans plus de souci du danger.
— « Fi donc ! la vilaine manie !
« Dit la mère ; ils vont te manger. »

Mais l'imprudent défie encore
Les ciseaux traîtres et félons.
— « C'est une bête qui dévore,
« Et ses crocs sont pointus et longs.

« Prends garde, répète la mère ! »
Soudain, tremblante et pâlissant,
Elle laisse tomber à terre
Sa laine. — Une goutte de sang,

Comme une goutte de rosée
Reflétant l'églantine en fleur,
Perle, diaphane et rosée,
Au doigt du rebelle frondeur.

La bête l'a mordu. — Le brave !
Voilà qu'il pleure et qu'il gémit !
La mère ne peut être grave
Envers l'enfant que Dieu punit.

« Ah ! pauvre martyr, » fait la dame !
Puis un soupir, puis un baiser.
— Goutte de sang tombe sur l'âme ;
Pleur achève de l'apaiser.

1861.

VIII

CROQUEMITAINE

(BALLADE TERRIBLE)

—

Au mal, mes enfants, prenez garde!
        Dieu vous regarde,
Et Croquemitaine a son tour.
Connaissez-vous Croquemitaine,
        Cœur plein de haine,
Et griffes et bec de vautour?

Ses cheveux roux, sa barbe rousse,
        Comme la mousse
Qui naît sur un sol rocailleux,
Couvrent, voile épais et difforme,
        Sa tête énorme
Et son visage tout rugueux.

Il marche muet comme une ombre,
        Muet et sombre ;
Ses pas même inspirent la peur ;
Ses pas sonnent dans les ténèbres,
        Egaux, funèbres,
Au sein d'une noire vapeur.

Il a des géants de la Fable
            L'épouvantable
Stature, — inflexible à jamais.
Ses regards, rouge et double flamme,
            Plongent dans l'âme,
Fixes sur les recoins secrets.

A son large dos une hotte
            Gémit, ballotte,
Pleine de marmots insoumis.
Vains sont leurs sanglots et leurs larmes ;
            Leurs plus beaux charmes
Sont devenus leurs ennemis.

A travers la nuit les entraîne,
            Croquemitaine,
Fier de son étrange butin.
Et les plus frais il les dévore
            Jusqu'à l'aurore,
Et boit leur sang comme du vin.

1862.

IX.

LE DUVET

L'enfant dort... sur sa bouche rose
La mère dépose un baiser.
Sous ce baiser, — si peu de chose ! —
Le rêve pourtant s'est brisé.

Il s'éveille, le petit être,
Par le repos tout empourpré.
Le soleil rit par la fenêtre ;
L'enfant rit au soleil doré.

Soudain un duvet, neige fine,
Devant lui passe tremblotant ;
Et d'un souffle l'enfant lutine
Le duvet toujours voletant.

L'enfant-zéphyr enfle sa joue ;
— Pensez quel grand vent cela fait ! —
La mère, tout pendant qu'il joue,
Bée à l'enfant, bée au duvet.

1860.

1***

X

L'ÉCHEVEAU DE LAINE

—

« Ici, petit coureur d'enfant !
« Revenez vite à votre mère ! »
— Le marmot, facile à distraire,
Poursuit un chat en miaulant ;

Fait le chat très-bien, puis de rire
A vous épanouir le cœur.
— « Silence donc, méchant moqueur,
« J'ai tout bas deux mots à vous dire. »

L'enfant se retourne, il accourt.
— « Prenez cet écheveau de laine ;
« Tendez les bras... »
            — « Hi ! »
                 — « De la peine ?
« Consolez-vous, ce sera court.

« Monsieur, tendez les bras, vous dis-je. »
— Le marmot se tient fixe, droit.
— « O blond chérubin, baisez-moi !
« Vous vous tenez, que c'est prodige.

« Quel air grave ! Encore un baiser ! »
— D'une main habile et rapide
La mère dévide, dévide,
Et la laine, sans se briser,

Douce comme une eau qui s'écoule,
D'abord mince et léger flocon,
Bientôt en neigeux peloton
Au fuseau d'ivoire s'enroule.

Mais espiègle est votre bambin ;
Tout fil casse ; dévidez vite,
Madame ; le sournois médite
Quelque tour de singe malin.

Le tour est fait. — Tout d'une haleine
A dix pas de vous, en riant
Le fourbe s'enfuit, emportant
— Brisé net — l'écheveau de laine.

Madame, je vous l'avais dit :
Les enfants sont des grecs ; encore
Malgré leurs ruse on les adore.
... — « Viens que je t'embrasse, petit ! »

1862.

XI

LES ENFANTS DANS LES BOIS

Ici la verte clairière,
Vaste, pleine de lumière,
Et tout autour les grands bois.
Là, comme un témoin de pierre,
> La croix
Sous sa guirlande de lierre.

Epars, de gais maraudeurs
Pillent la mousse et les fleurs,
Et ne cessent de bruire.
Leurs tumultueux propos,
> Leur rire,
Effarouchent les oiseaux.

Des tremblantes créatures
L'une a glissé des ramures
Auxquelles pendait son nid.
De l'âge des fleurs nouvelles,
> Petit,
L'oiseau veut voler sans ailes.

Or, la meute sans pitié
Accourt et tue à moitié
L'oiseau qu'elle se dispute.
La paix ici, les jouteurs !
La lutte
S'achèverait dans les pleurs.

Près de la croix, dans la mousse
Ils font, odorante et douce,
Une tombe à l'oisillon.
Puis tous, reprenant leur course,
Ils vont,
L'un aux bois, l'autre à la source.

Aux bois où les papillons
Voltigent dans les rayons
Qu'en éclats brisent les branches.
— Alors désireux regards,
Mains blanches
De poursuivre les fuyards.

A la source où, murmurante,
L'onde mollement serpente,
Berçant des fleurs de lotus.
Dans l'onde ils glissent timides,
Pieds nus,
Pour cueillir les fleurs humides.

Bouffis, rouges comme Amour,
Les espiègles, tout le jour,
Ont couru dans la clairière.
Le soir tombe ; par essaims
La mère
Voit revenir ses poussins.

1862.

XII

LE PETIT POSTILLON

Clac ! et voilà le gentil postillon
Qui grimpe sur sa chaise et fait un grand vacarme.
Pour fouetter l'attelage un flexible scion
    Arme sa droite, et, possédé d'un charme,
    Le fouet habile à ces coursiers absents
Fait prendre sur l'arène un trot imaginaire.
Les coups multipliés leur excitent les sens.
Et comme le galop est bien mieux son affaire,
    Notre gaillard les lance à fond de train.
Il tient du reste en maître et le fouet et la guide,
Et les coursiers rêvés sous la main qui les guide
Sans avancer d'un pas dévorent le chemin.
L'on dirait l'attelage entraîné par la foudre ;
Avant le départ même il a gagné le but.
Mais ni les bruits du char ni la brûlante poudre,
A qui tout voyageur doit payer le tribut,
N'ont pu causer d'ennuis au coureur fantastique.
— Où vas-tu, postillon ? — à Paris !... en Afrique !...
    Au bout du monde !... — Et d'un bond l'y voilà.
— Bien ! dételle un moment, fais respirer en route
Tes rapides coursiers que la sueur, sans doute,
    Inonde. —Eh ! non ! ils me laisseraient là.

2

Et sans bouger jamais, l'infatigable,
Sur les ailes du vent ou celles de l'éclair,
Traverse monts, forêts, quelque mer introuvable.
Ses fins et longs cheveux s'éparpillent dans l'air...
Parce que fièrement il agite la tête.
— Ah ! marche dans la vie avec cette gaîté
Qui dore le nuage et brave la tempête !
Mais que tes jours, enfant, n'aient la rapidité
Ni des coursiers sans nom, ni du char invisible
Qui t'emportent au loin vers d'idéaux séjours !
Qu'ils ressemblent au fleuve immense, mais paisible,
Qui ne tombe à la mer qu'après mille détours.

1862.

XIII

LE PETIT SOLDAT

Il a bien trois pieds, ce soldat !
Pour un gardien de la patrie
Le ciel, quant à la taille, usa
Un brin fort de lésinerie.

Mais notre guerrier a trois ans,
De barbe à sa lèvre rosée
Nulle trace ; à peine des dents...
La Providence est excusée.

Il est lui seul son général
Et son bataillon... — Portez armes ! —
Il sait l'exercice, pas mal,
L'ayant vu faire aux bons gendarmes.

Un casque en joncs, à ce troupier,
Vacille — léger — sur la tête.
Un petit oiseau de papier
Plane au sommet comme une aigrette.

Un gros tambour lui bat le flanc ;
Et tout à côté pend un sabre.
Il monte un cheval de bois blanc
Très-doux, qui jamais ne se cabre ;

Plus rapide que n'est l'éclair,
Plus tapageur que n'est la foudre,
Tire à la fois son sabre en l'air,
Ajuste son mousquet sans poudre,

Bat son coursier, bat son tambour,
Crie : « Aux armes ! » et : « Genou terre ! »
Commande, charge, tour à tour
Vise son chat, vise sa mère.

Puis, comme inutiles fardeaux,
Jette au loin sabre, mousquet, saute
De cheval, tombe sur le dos...
Et meurtri, mais la mine haute,

Pose, roide comme un vainqueur,
Devant la mère tout heureuse
Qui l'embrasse, et lui dit : « Mon cœur ! »
Pour sa victoire un peu... douteuse.

1862.

XIV

LA BULLE DE SAVON

—

Un bel enfant au teint vermeil
Sur un vase en cristal où le soleil se joue
Et dont l'éclat se dore aux rayons du soleil,
S'incline immobile, la joue
Gonflée, entre ses dents plus blanches que le lait
Mordant une paille légère.
La coupe sonore où naguère
Le vin harmonieux en pétillant coulait,
Par une main novice à ses bords écornée,
Et du convive abandonnée,
La coupe est devenue un jouet pour l'enfant.
Un fin savon l'emplit. Son écume argentée,
A travers le pipeau par un souffle agitée,
Ondule, bulle frêle, au regard triomphant.
La bulle où, brisés, se reflètent
Les mille rayons lumineux,
La bulle où ces rayons répètent
Les couleurs changeantes des cieux,
Sous le souffle constant s'arrondit et se berce.
Mais le même souffle bientôt
La détache ; l'air la disperse ;
Elle s'évanouit en s'élevant plus haut.

Et de nouveau l'enfant vers la coupe se penche.
— Sur son front ramenés ses ruisselants cheveux,
Ses cheveux noirs tombant sur cette coupe blanche,
Entourent sa clarté d'un voile ténébreux.
    A travers cette nuit flottante
    Parfois s'allume et rejaillit
    Comme une aurore étincelante.
    — C'est l'enfant malin qui sourit. —

1862.

XV

L'ANGE DU PRINTEMPS

—

Avril répand ses fleurs, et le soleil avide
Boit leurs pleurs des matins où plongent ses traits d'or.
L'oiseau sur ses rayons trace son vol rapide,
Et d'un cri, d'un coup d'aile anime l'air qui dort.

Une enfant blonde envoie un sourire candide
Aux jasmins constellant les débris d'un vieux fort ;
Aux fleurs des prés, aux fleurs de la rive perfide,
Et va par sauts, par bonds, — moins de pas que d'essor,

Dans les prés, sur la rive, et le long des ruines,
Cueillir toutes ces fleurs blanches ou purpurines
Qu'elle attache en couronne à ses cheveux flottants.

Timide, elle se mire aux bords des flots chantants
Qui reflètent, charmés, ses grâces enfantines.
— Et tout salue en elle un Ange du printemps.

1861.

XVI

LA CHÈVRE BLANCHE

—

La chèvre a le poil long, et blanc
Comme la neige immaculée.
Elle va bondissant, bêlant,
Le long de la verte vallée.

Un enfant, qui porte à la main
Des fleurs qu'il moissonne en chemin,
Précède, à travers la vallée,
La chèvre dont le poil est blanc.

La chèvre dont le poil est blanc
Comme la neige immaculée,
Agitant sa barbe, et bêlant,
Vers les fleurs allonge la tête.

Bêlante elle allonge la tête
Vers l'enfant qui l'appelle, et prête
A brouter les fleurs dans sa main,
Elle tend sa langue rosée.

Lui toujours moissonne en chemin
Et montre à la chèvre abusée
Les fleurs ruisselant de rosée,
Les fleurs qu'il retire en riant.

2*

Et la chèvre toujours bêlant,
La chèvre toujours abusée,
Baisse le front, et veut lutter
Contre l'enfant, qui se récrie.

L'enfant qui la croit en furie,
Sans plus songer à la tenter,
Livre alors sa moisson fleurie
A la chèvre qui veut lutter.

La chèvre heureuse, broute, broute,
Et l'enfant fait halte en sa route
Sans plus songer à la tenter.
La chèvre, heureuse, broute, broute.

1862.

XVII

RÉCIPROCITÉ

—

Les cheveux déliés, — jouets des brises,
Poursuivant des ramiers aux ailes grises,
    Une enfant voudrait les baiser.

Elle leur tend les mains — et les appelle.
« Venez, mes beaux oiseaux ! » La tourterelle
    En roucoulant vient se poser,

Se poser, refermer — ses pattes roses
Sur sa main blanche. Ainsi — les lys, les roses,
    Dans un même éclat confondus,

Les roses et les lys — charment la vue.
De caresses avide, — et tout émue,
    L'enfant a les regards perdus

Dans les regards craintifs — de son amie.
Pour les baisers sa lèvre — épanouie
    Effleure tant le collier bleu,

L'aile à demi pendante — et palpitante,
Et le col onduleux, — que l'oiseau tente
    De la payer d'amour, un peu.

La lèvre de l'enfant, — vive, se prête
A ce désir d'oiseau. — L'oiseau becquette
Cette lèvre, fruit rougissant.

Dès lors entre l'enfant, — la tourterelle,
Ce ne sont que baisers, — battements d'aile,
Entretien à deux ravissant.

1863.

XVIII

L'ENFANT ENDORMI

Tout du long couché dans son berceau,
Les bras étendus avec mollesse,
Il sommeille en paix... Et qu'il est beau,
Tout du long couché dans son berceau !

Sa mère, — son ange, — avec ivresse
Aspire son souffle, air embaumé,
Se mire dans lui, — ce bien-aimé, —
Lui baise les mains ou les caresse.

A ce pur baiser tout maternel
Il a répondu par un sourire.
A-t-il à son âme ouvert le ciel,
Ce chaste baiser tout maternel ?

Lui semble rêver et vouloir dire
Ce que dit tout bas la vision.
Sa bouche a senti comme un frisson
Qui s'épanouit dans un sourire.

Mais toujours il dort calme et muet.
La lampe des soirs près de lui veille ;
— Son visage en garde un doux reflet ; —
Mais lui toujours dort calme et muet.

Et nul bruit ne vient frapper l'oreille,
Qu'un chant de grillon dans le foyer...
— La mère à son tour sur l'oreiller
Glisse, et ses yeux... Paix ! elle sommeille.

1863.

XIX

LE PORTRAIT ORIGINAL

—

Si je savais, enfant, d'une main délicate
Me servir des pinceaux et fondre les couleurs,
Je voudrais retenir ta beauté qui nous flatte
Et la symboliser dans un bouquet de fleurs.

La mauve semblerait, transparente et pâlie,
Sous un souffle idéal s'incliner au sommet.
Le regard, désireux d'azur et d'harmonie,
S'arrêterait, captif, sur un double bluet.

Dans leur éclosion deux roses, — deux rivales, —
Où trembleraient encore les perles des matins,
Opposeraient l'éclat de leurs tendres pétales
Au bleu clair et joyeux dont les bluets sont teints.

Pris au même rosier et sur la même tige,
Un bouton, né d'hier, à peine épanoui,
Au charme de la rose unirait le prestige
Du souris d'une lèvre entr'ouverte à demi.

Tout autour, abondants comme une chevelure,
Pendraient et frémiraient des épis de fleurs d'or.
— Et, baigné dans des flots de sérénité pure,
Ce bouquet, dans vingt ans, nous ravirait encor.

1863.

XX

LE PANTIN

A CÉCILE-ÉMILIE-MARIE BROCHERIE, MA FILLEULE

Eh ! Mademoiselle,
Tirez la ficelle
Comme il vous plaira !
Tirez la ficelle,
Il gambadera.

Chapeau de carton sur l'oreille,
Jambes et bras fixes, d'aplomb,
Dadais Pantin, bête à merveille,
Pend au mur, — grimaçant et long.

Il minaude, il voudrait sourire.
Vous êtes beau, Nigaud Pantin !
Universel est votre empire ;
Dans le feu j'en mettrais la main.

Il lève les pieds en cadence,
Il tend les bras très-gentiment.
Oui, c'est ainsi qu'on entre en danse ;
On ne peut être plus charmant.

Il fait mille tours avec grâce ;
De l'orteil s'égratigne au front,
Lance ses gigues dans l'espace ,
Tantôt se gratte le talon.

Son bras replié forme un angle
Ou retombe droit comme un *i* ;
Le pouce à la gorge, il s'étrangle...
Vous pâlissez ! mais, lui, sourit.

Vous pâlissiez ? — Pour vous complaire,
Il rabat ses doigts meurtriers.
Soudain, par un bond téméraire
Il culbute. — Vous souriez !

Mais il a repris l'équilibre,
La tête haute, et satisfait.
— Applaudissez, vous êtes libre ;
Gourmandez-le, c'est votre fait,

Tout fat qu'il soit, le pauvre sire
Est un jouet dans votre main ;
Lorsqu'il ne croit que vous séduire,
Votre esclave, aujourd'hui, demain.

Oui, Mademoiselle,
Tirez la ficelle
Comme il vous plaira !
Tirez la ficelle,
Il obéira.

1862.

XXI

LE PAPILLON

A UNE JEUNE FILLE SORTANT DE L'ENFANCE,

Trop rêveuse.

Un papillon aux ailes blanches
Comme ces blancs rubans qui flottent sur ton cou,
O charmante ! volait des bluets aux pervenches,
    Des roses aux lilas ; — je ne sais où.

Il voltigeait toujours de feuillée en feuillée,
    Le papillon, de fleurs en fleurs,
Jusqu'à ce qu'il ployât son aile fatiguée
    Sur la plus lointaine, émaillée
    Des plus éclatantes couleurs.

Mais un enfant guettait le papillon volage ;
Il s'approche sans bruit, empourpré de plaisir.
Le papillon, aux doigts qui veulent le saisir,
    Laisse — comme un neigeux nuage —
La poudre de son aile ; et fuyant l'esclavage,
Heureux si de l'enfant il trompe le désir.

Ainsi, jeune fille ignorante,
Qui dans la rêverie — et dans l'amour
Te berces, t'endors souriante,
Un démon près de toi — veille à son tour.

Aux mains de ce démon crains de livrer, profane,
Un lambeau de ton cœur, ton voile virginal !
De qui veut trop rêver la pureté se fane,
Et l'amour inquiet est le frère du mal.

1863.

XXII

LA MAITRESSE D'ÉCOLE

L'une des deux sœurs tient un livre ouvert ;
L'autre est à ses pieds, la mine éveillée.
La plus grande a pris un ton fort disert,
Et fait la maîtresse, et s'est écriée :

« Lisez couramment dans cet alphabet ;
« J'aurai des bons points pour Mademoiselle.
« A... » Pas de réponse.—« A, vous dis-je, A, B. »
L'espiègle fredonne une ritournelle.

Notre sœur aînée a grossi la voix :
« C'est ainsi toujours que l'on devient âne ! »
Au lieu d'allonger son coquet minois,
Le lutin sourit... — Petite profane !

Petite profane au cœur endurci,
Qui rit sans remords d'un abécédaire !...
En guise d'image aura-t-elle aussi,
— Pécheresse enfant, — pénitence à faire.

« Tendez-nous vos mains, dit d'un air pincé
Et le mors aux dents, notre sœur aînée ! »
Et d'un brin de fil au bras enlacé
Elle enchaîne, hélas ! notre sœur puînée.

Notre sœur puînée a l'esprit très-fin.
Tout en ayant l'air d'implorer sa grâce,
En leurrant sa sœur d'un repentir feint,
Je ne sais comment, mais le fil se casse.

Et tout doux, tout doux, comme un chat sournois,
Qui d'une souris glisse à la poursuite,
Elle a fait dans l'ombre un geste narquois ;
Et tout doux, tout doux, elle a pris la fuite.

1862.

XXIII

LE FRÈRE ET LA SŒUR

—

Il a la chevelure noire
Et brillante comme le jais ;
Son œil a des éclairs de gloire,
Sa bouche ne sourit jamais.

Elle a la chevelure blonde
Et tombant à flots ondulés.
Ses yeux, limpides comme l'onde,
Ressemblent aux bluets des blés.

Il a, sur les feuillets d'un livre,
Son front large incliné très-bas.
Du doigt il fait mine de suivre
Les lettres, — qu'il ne connaît pas.

Elle caresse une poupée
Immobile entre ses genoux.
Elle lui sourit, occupée
A l'environner de joujoux.

Parfois dans le vague il relève
Son front où siége la fierté.
Dans ses regards luit comme un rêve,
Un rêve d'immortalité.

A sa poupée elle murmure,
Pleine d'un maternel émoi :
« Bébé, dors tranquille, et je jure
« Que les jouets seront pour toi. »

Quand il aura vécu sa vie,
Peut-être alors sur son tombeau
Et de la gloire et du génie
On reconnaîtra le flambeau.

Lorsque les ans l'auront mûrie,
Comme l'été mûrit la fleur,
On la verra, mère attendrie,
Bercer un enfant sur son cœur.

1862.

XXIV

LE DÉNICHEUR DE NIDS

—

Ses sabots sont au pied de l'arbre,
Sur ses sabots son gilet rond.
Ses bras nus,—moins blancs que le marbre,—
Se sont roidis autour du tronc.

Rejetant la tête en arrière,
Il grimpe comme un écureuil.
L'arbre est haut, la branche légère;
Mais l'enfant ne craint pas l'écueil.

Plutôt qu'il ne monte il s'élance,
Ici les mains et les pieds là.
Le rameau plie et le balance,
Et craque sous son poids... — Holà !

Holà ! petit grimpeur du diable,
Veux-tu donc te briser les os?
Tu verrais s'il est agréable
De tomber du ciel sur le dos. —

Il monte, monte encor plus vite
De branche en branche, insoucieux,
Vers le nid qui le sollicite...
Oh ! vive un nid avec des œufs !

2**

Il y touche, avance la tête
Entre les feuilles, doucement,
Sans bruit... Si la mère, un peu bête,
Attendait au fond, bravement !

Mais la mère s'est envolée,
Murmurant un chant de douleur.
Reste le nid sous la feuillée,
Puis les œufs de toute couleur.

L'enfant, de la voix et du geste ,
Fait savoir qu'il a triomphé.
Il descend leste, leste, leste,
De plaisir tout ébouriffé.

Ses petits compagnons l'entourent...
« Les beaux œufs ! combien en a-t-il ? »
Il s'enfuit. — Les voilà qui courent,
Hélant, suppliant. — Plus subtil,

Lui, comme un oiseau, file, file,
Disparaît, glisse à pas de loups
Sous les buissons ; et là, tranquille,
Peut compter ses œufs, le jaloux !

Transperçant leur coque légère,
Il les relîra d'un filet.
Ce soir au lit de la grand'mère
Ils pendront comme un chapelet.

1862.

XXV

LA RONDE ENFANTINE

—

Tendez, croisez vos mains entre elles,
Beaux enfants, et dansez en rond !
Douces et fières sentinelles,
Vos mères vous regarderont.

Un soir d'été serein et calme,
J'eus au fond d'un jardin royal,
Où naissent le lis et la palme,
La vision de l'idéal.

Le soleil entourait la nue
D'un dernier jet éblouissant,
Dont les reflets dans l'avenue
Inondaient l'arbre frémissant.

En face, la froide demeure,
La prison des rois soucieux.
Les murs se drapaient à cette heure
De la pourpre vive des cieux.

Sur un tapis de fleurs brillantes,
Des garçons aux cheveux bouclés,
De petites filles riantes
En cercle étaient entremêlés.

Et tous chantaient, tous en cadence
Froissaient les fleurs d'un pas léger.
Leurs chansons mesuraient la danse
Et leurs pieds semblaient voltiger.

Eparse était leur chevelure,
Et dans leurs mouvements flottait.
La brise unissait son murmure
Aux chants qu'au loin elle emportait.

Parfois des bords du blond nuage
Un rayon doré jaillissait,
Un rayon frappait leur visage :
Leur sourire resplendissait.

Tendez, croisez vos mains entre elles,
Beaux enfants, et dansez en rond !
Douces et fières sentinelles
Vos mères vous regarderont.

1862.

XXVI

DODELINO, DODELINETTE!

—

Dors, mon amour !... Fils d'Esculape,
Ton désespoir me fait souffrir.
Ah ! pourquoi veux-tu qu'il m'échappe ?
Pourquoi dis-tu qu'il va mourir?
— Le doux berceau !... Dodelinette !
Jamais l'oiseau n'échappera.
Dodelino, barcelonnette !...
Jamais mon enfant ne mourra.

Dors, mon amour !... Comme il est pâle !...
Hélas ! il était si vermeil !
Il gémit ; n'est-ce point un râle?
Non, c'est le souffle du sommeil.
Le doux berceau !... Dodelinette !
Un jour la fleur s'embellira.
Dodelino, barcelonnette !...
Un jour mon enfant grandira.

Dors, mon amour !... Sa lèvre s'ouvre
Et semble me sourire un peu.
Il clôt les yeux... son front se couvre
Comme d'un léger voile bleu.

Le doux berceau !... Dodelinette !
— L'enfant se meurt !
                  — Non, il s'endort.
Dodelino, barcelonnette !
— Ne berce plus ! L'enfant est mort.

                        1857.

XXVII

SIMILITUDE ET CONTRASTE

A MON PETIT ANSELME,

Au Ciel.

La rose au matin
S'est épanouie;
S'est évanouie
Dans un soir serein.

L'enfant d'un sourire
Et d'un chaste pleur
Est né; tendre fleur
D'un jour, il expire.

La rose en mourant
Nous livre son âme,
Parfum et dictame
Pour l'homme souffrant.

L'enfant, de la tombe
Où l'on croit qu'il dort,
Vers Dieu prend l'essor
Comme la colombe.

1862.

XXVIII

UNE VOIX DU CIEL

Comme un fruit qui mûrit encore,
Mais qu'au dedans un ver dévore,
Tombe bientôt sur le gazon ;
Ainsi, sur le sein de ma mère,
Un souffle de Dieu — de la terre
Me ravit avant la saison.

Et comme un arbre que l'orage
A dépouillé de son feuillage,
De ses rameaux, vient à languir ;
Ainsi, par la douleur flétrie,
Sans moi, — sa parure et sa vie, —
Ma mère, hélas ! semble mourir.

— Colombe veuve et désolée,
Pourquoi de deuil es-tu voilée,
Ma mère, et gémis-tu sur moi ?
Ne vois pas mon tombeau, mes restes ;
Mais vers les régions célestes.
Lève le regard de la foi !

C'est là que sans trouble, ô ma mère,
Je contemple Dieu, sa lumière,

Dans sa douceur, dans sa beauté ;
Là sont transfigurés mes langes ;
Là, frère et compagnon des anges,
Je goûte leur sérénité.

D'un vol qu'un nuage dérobe,
Le soir je descends vers ce globe
Pour veiller sur l'homme endormi.
Je vais bercer l'enfant qui pleure,
Du pauvre bénir la demeure,
Sourire à qui n'a pas d'ami.

C'est moi, lorsque la nuit est sombre,
Qui, de tes pas pour chasser l'ombre,
Luis dans une étoile à tes yeux.
Je suis, aux jours de la tristesse,
Cette main qui d'une caresse
Calme tes pensers soucieux.

Puisse ma voix être entendue !
Et que dans ton âme abattue
Renaisse la fleur de l'espoir !
Dieu nous garde le même trône,
Nous tresse la même couronne
— Dans le ciel, ma mère, au revoir !

FIN

TABLE

—

FIN DE LA TABLE.

LE MANS. — TYPOGRAPHIE MONNOYER FRÈRES.

www.ingramcontent.com/pod-product-compliance
Ingram Content Group UK Ltd.
Pitfield, Milton Keynes, MK11 3LW, UK
UKHW022111170726
13837UKWH00003B/1165